完本 秘帳

湯浅眞沙子

皓星社

完本　秘帳

目次

凡例

一、本書は湯浅眞沙子著『秘帳』の完全復元版です。

一、本書の本文は原則として、一九五六年の有光書房版『秘帳』を底本としました。そのうち、出版時に摘発を逃れるために手を入れたと思われる十首については、近世庶民文化研究所会報「瓦版」に掲載された、著者の草稿歌を採用しました。有光書房版の歌は枠外に掲載し、(有)と付記しました。

一、一九五一年に刊行された風俗文献社版と底本との間に異同があった歌については、風俗文献社版の歌を枠外に掲載し、(風)と付記しました。

一、右のような過去の『秘帳』出版事情については、「解題」にその経緯を詳しく記しました。

一、旧漢字は新漢字に改め、仮名遣いは旧仮名遣いのままといたしました。

一、過去の『秘帳』では、原稿用紙に書かれた短歌がそのまま組みつけられ、歌の区切位置が不自然でした。本書では全ての歌を一行に収めました。

一、一部、現在では不適切と判断される可能性のある表現もございますが、時代的背景などを考え、そのままといたしました。また、文法上不自然な箇所につきましても、特に手を加えておりません。

昭和三十一年　有光書房版より

序

川路柳虹

この歌集は女性みづからの肉体的欲情を露はに歌つたといふ点で、一寸類がないものかと思ふ。いはゞ曝露症的表現で、中には露骨なだけで歌としては拙なものがあると思うが、大胆率直といふ点と、自ら憶せず性欲と肉体愛を歌ふことの正義観をもつてゐるような点で、一つのドキユーメントとしても男性の歌にさへかつて無かつたものである。ホイツトマンが「ヱレキの肉体を歌ふ」と言つた態度に似た観念的な点も多分にあるが、また女性の真情を包み隠さず丸出しにした処に力もあり興味もあると思つた。決して卑猥といふ意識で記したものでなく、たゞ自ら孤りでその正しい心理の告白を忠実に守つたといふことが考へられる。この点ヱロチシズムであるよりも即物的なのである。

たゞこれを公けに刊行するといふ点でいつも社会風紀との関係が問題にされることを予期するので、斎藤昌三さんにおたづねした上、その御厚意で出して貰ふことになつたものである。出版者もポルノグラフィーと同一視するつもりはなく、文芸作品として出すのは勿論である。

この著者のことは実はほんの僅かしか知らない。七・八年前私の門下の詩人、故倉橋彌一が紹介してきた一女性で、始め詩をかくつもりで来たのが、その詩は余り面白くなかつたのでその儘にして後交渉も杜絶えてゐた。今春その人の知人の中村といふ未知の人から亡くなつたこと、、つまらぬ歌があるからと言つて便箋などに記した遺稿を寄越された。はじめ二三首みたが興味もないので抛つて置いたが、後何気なく少し先きを読み出してみると途方もないものなのに驚いた。

作者の閲歴も深く知らないが、富山県の人で東京にきてからは日大の芸術科に暫時通つてたといふ事しか知らない。歌でみると結婚してその夫とも死別し、ダンサアか何かしてゐたようにも思へる。私の逢つたのは七・八年前でまだ二十歳位の小柄な、どこか男性的な強さと、無口でさつぱりしたやうな性格をもつ女性であつた印象があるだけである。すでに故人となつた人、その歌稿だけが生きれば幸ひであらう。

以上は数年前この歌集の出るに当つて記したものであるが、さいはひ、多くの読者の迎へるところとなり今に要求が絶えないとのことであるが、人間の本能とその哀歓をまつ正直に歌つた女性の歌としての真実性は尊いものであろう。改版に当り数言を加える。

昭和三十一年秋

跋

書痴　少雨叟

日本は庶民文学の普及と発達に於て、世界に類のない誇りを持つている。その代表的なものは短歌であり俳句である。殊に短歌は万葉の昔から、一防人の如きまで、望郷に恋人に心のたけを正直に詠つていた。

一無名女性湯浅眞沙子の短い生涯に、日日の心の動くまゝを、告白的に詠つた一編の「秘帳」は、歌道に於ける造詣も修辞も検討の余地はあらうが、唯青春期の肉体を一途に詠つたのを、彼女の死後たま〳〵川路柳虹先生の目にとまつて、昭和二十六年神田の一書肆から出版され、俄然歌壇その他の話題となつたのだが、その再版を見ずに版元は瓦解して、以来既に五年、未だに旧書の探求者は多いといふので、今度坂本君が装を更めて限定で出すことになつた。作者のために、また物好きな坂本君のために一文を添える。

昭和三十一年初冬

新婚

元気なる声にて吾を振り返る君心づよし今朝の秋風

ぽんと打つ肩も優しく玄関にて口づくるきみの懐しさかな

み手抱きわが頬にあてゝたのしむよ朝の出社のわづか一とき

ひとりゐて新聞などを読みゐればなにかうつろの心ありけり

愛情のきわまりつひに肉体のまじはりとなる恋ぞうつくし
肉体の愛なき恋は人形の髪を撫でるに似たりけるかも

そのかみの同性愛もそのはては互《かた》みの肌の愛なりしかな

陽電気陰電気と合ひ火花ちる万物の教へ反くすべなし

まじはりを重ぬるほどに力づよく生きんとおもふ心湧くかな

結婚のあとの恋こそうれしけれ人はばからぬ吾のふるまひ

針仕事ひとりなせるに背後より吾抱きしむるきみの優しさ
片時もそばにあらでは休まらぬこの心知るひとはきみのみ

社にありて吾おもふとき手につかぬ仕事過つといふ君たのもしき

洗濯もの洗ひをるとき突然に吾れ誘ふきみ少し怨めし

昼にてもかまはじといふ君ゆゑに頬赤らめて蒲団しくなり
人気なき日曜の昼ひそまりて抱き合ふ床の温かさかな

おもはずも声立てゝける吾が口を手もて蓋ふ君憎らしき

誰かそとに訪ひけるも部屋うちの静まりてあれば帰りけるかも

ひとりゐて少女のときの苦しさをひとごとのやう思ふこのごろ

夕あらしわが髪なびく快よさきみおもふとき吾が心靡く

月いでゝ窓に灯りのうすらげばひとりは淋し宵の虫の音

あまりにも仲よき人は子なしとぞ教へたまひしかの友憎らし

きみが子をせめて生まんと思へども生むひまもなき愛の日々かな

色情狂と人のいふらし狂ふまでの愛あらばいかに嬉しからまし

わづかなる君がいたつきみ傍よりはなれもかたき吾にしあるかな
いたつきの君が眼眺め可愛ゆさの胸に迫りてキスする吾かな

貧しけど事足らぬといふこともなし我は幸福に生けるものかな

サラリーでは着ものも買ってやれないと嘆く夫にたゞキスをする

着ものより愛がいつでもほしいのよただそれだけよとまたキスをする

日記帖に印す×の意味はふかしその夜のかずと知らば笑はん

美貌の友

新婚の家を訪ひきぬなつかしき美貌の友のかむる角帽

女医となる美貌の友が生殖の話に更けぬ夏の宵かな

科学する友美しき顔も厳粛に性交につき我にたづぬる

こと細か語ればさすがかの女《ひと》も「まア」と赤らむ顔美しき

隠せどもバルトリ氏腺言ふことを聞かぬが「若さ」と彼の女笑ひぬ

女同志語る猥談互《かた》みにぞこらへる気もち眼にあらはるゝ

一週に一度は自慰をするといふ女医大の美しき友
性交の話に興味もちつゝもみづからチャンス作らぬなりけり

言ひよる男四五人あれどその人に何の魅力もなしといふ君

恋といふものは魔ものよ作らんとすれど作れじチャンスなるかな

ふとしたる縁《えにし》がもとで見合ひたる夫との恋たゞ不思議なる

良き友は自分とおなじ何ごとも憚らず言へるが嬉しかりける

郷里にて産婆開業するといふ美しき友恋はなきなり

蚊帳のなか二人裸のまゝに寝ね灯《あか》りともせば人魚のごとし

さわやかに雲のながるゝ今朝の秋蜻蛉つるみて快く飛ぶ

いで湯

春の日のけむる若木の山みつゝ谷の音をきく湯ケ原の里

木の芽立つみどりの朝の香ぐはしさ吾充ちてあり恋に情思《おもひ》に

おとめの日おもひいでゝは夢のやうわが肉体をながす湯の水
ゆたかなる胸乳のあたりバラ色にそまる肌《はだへ》をなつかしむかな

湯の水の細きながれの股の谷すべるを眺めなにかほゝ笑む

夢うつゝ知らでありにし真夜中にゆり動かせし君なつかしき

なつかしき夢のさめぎはうつゝにも君に抱かれてありし吾かな

なにかしら胸に重みを感じつゝ快よきまゝ君抱きしめし

風呂のなかで誘ひたまへど出来ざるを二人声立て笑ひけるかも

いかにせんかのたまゆらは髪みだし狂ひて君の頬をば噛みにし

こゝろよく死ぬるこゝちのつづくとき吾は知らじな泣きてありしと

くちづけて放さぬ君の舌噛みて足もてしめぬ君が肉体

旅の宿わづかの時の叫びごえ少し慎めといふ君の憎らし

朝あけに君なつかしむわが床に乱れてちりし桜紙かな

互《かた》みにぞ拭ひ合ひたるさくら紙のやはらかき皺手になつかしむ
怨みなき恋とや云はん百年をかけて悔なし肉体の恋

互《かた》みにぞしたしきものかさくら紙のやはらかき皺手になつかしむ（有）

旅の宿みしらぬ人の二人づれ隣りの部屋に愛の囁き
襖一重に隣りにきこゆもの音に吾らほほえみ抱き合ふ床

暁の快きねむりうつらうつら鳥のこえきく湯ケ原の里

五月野《さつきの》の晴れたるごとき爽やかさ情欲《おもひ》充たせしあとの疲れに

かの君の白き襟足うつくしくそと口づけぬ真ひるの山にて

わが君の白き襟足うつくしくそと口づけぬ真ひるの山にて（風）

紅閨

銀杏返し粋《いき》に結ひたる今日《けふ》の吾いかにか君をよろこばすらん

帰りきて君のおどろくわが髪を鏡にうつし前をはだけぬ

緋ちりめんの腰巻前を乱しつゝ淫らのさまを鏡にうつす

芸者とせしきみが話をききゐつゝそゞろに淫るこゝろもうれし

芸者の方吾れより良きときく吾を手もてうちやる君の眼うつくし

淫欲の果なき吾のこのおもひかなへたまふひと君よりぞなき

中途にてなえたるときの憎らしさ辛《いら》さを君は知るや知らずや

二十分かゝりてもまだ技終《わざ》へぬ甘き心地にひたるこのごろ

灯を消して二人抱くときわが手もて握る陰茎太く逞し

われ悩ますこの陰茎のあるからになべての男憎むなりけり

灯を消して二人抱くときわが手もて握るたまくき太く逞し（有）
われ悩ますこの太きもののあるからになべての男憎むなりけり（有）

眼つむりて君なすまゝに戯れの指に事足るむかしなりしか

眼つむりて君たはむれの手に堪へず思はず握る太き陰茎

眼つむりて君たはむれの手に堪へず思はず握る太しきものよ（有）

握りしめわが陰門に当てがひて入るればすべてを忘れぬるかな
わが息の切なくなるを感じつゝもち上ぐる味の忘れや忘る

握りしめわがほどのへに当てがひて入るればすべてを忘れぬるかな（有）
わが息の切なくなるを感じつゝ夢みる味の忘れや忘る（有）

吾ひとりを愛《いと》しとおもふ君ゆゑに些のうたがひの吾にあるらむ
君われを離さじといふこの吾の肉体こそは魔ものなりける

ふたりとも情《なさけ》につよし愛につよし衰へみせぬ二つの肉体

いつそもうみからだごとを入れたしと嘆けば君は永きキスする

あまたたびながす玉水床ぬらしながれて川となるを夢みる
交はりのときのどよめく胸のやう生きてしあらばたのしからまし

わらい絵をながめつつ二人その型をせんとおもへど出来ぬ可笑しさ

歌麿のまくら絵ながめ美しき女の眼にぞ惚れぼれとする

衣とりて縫いかへすごとこの心たやすく縫ひうれば楽しからまし

白きシーツ洗へどのこるかのシミを君見て笑ふ日曜日かな

尺八といふことおぼえ来し君が吾に教ゆる何かはづかし
二度終へてまだきほひたつ陰茎の尺八すればいよいよ太しき

二度終へてまだきほひたつたまくきの尺八すればいよいよ太しき（有）

ぐつたりと疲れて寝ねぬ昨日のわざ三度重ねて暁に入る
核がしらキスしたまへばつよき刺戟身うち轟く心地こそすれ

わが釦《ボタン》キスしたまへばつよき刺戟身うち轟く心地こそすれ（有）

核がしらキスさるゝとき思はずも放つわがこえうらはづかしき

充ち足りてからだの疲れこゝろよく素肌のうへにかるくおく夜具

わが釦《ボタン》キスさるゝとき思はずも放つわがこえうらはづかしき（有）

初夜のことおもひいでゝはほゝ笑むよ身うちふるへて君抱きしめし

薄刃もて少し切られし傷のやう痛みおぼえしが心にのこる

処女膜はすでに手淫にやぶられてありしか痛みそれとおぼえず

処女の日を葬る鐘かかの宵にきこえし鐘の音夢の如く想ふ

同性愛

かの子おもへば堪へがたき夜ありわが肌狂《はだへ》ふ血汐に燃えたちにけり

かの子おもへばひしといだきてその肌合《はだへ》せてみたし乳房と乳房も

堪へがたき暁ごろの情欲はしとゞ濡るまでひとり慰む

そのはじめ手さへ握るにおどおどと胸とゞろかせし可愛ゆき子なりし

こゝろもち涙ぐみたる瞳もてわが肩に倚るをひしと抱きし
お姉さまとしたふその子の髪撫でゝはじめて口にふれしかの宵

おなじリボン買ひてむすびし学び舎の昔おもへば涙ながるゝ
おそろひのグリーンの靴下大ぜいの蔭口のなかにふたり立ちにし

憎らしき妨害者をもそこなはず勝利にありしかの日の吾かな

たゞ泣きてうれしく抱く乙女なりしわれのいふことなすがまゝなりし

その乙女顔赤らめてきゝしことわれが教へし愛のたわむれ
「知ってるでせう」と言へどいらへのなき妹に罪なることを教へけるかも

われもまたかの姉君のみ手により教へられにしたはむれなるに
よりそひて抱けばふるゝ乳なでゝ赤らむ顔をなつかしく見る

ひとり居るわが部屋にきてもの言はぬその子の眼うるみてありけり

語るより口づくることたのしくて口づけすれば涙ながす子

その乙女十七となるその宵の肌と柔毛のさはりよきかな

遅くなるわ帰るといふを引きとめて罪なることを教へけるかも

なにゆゑにかくもいとしき仲となりしと涙ながす子の胸のとどろき

いくそたびいだき口づけ乳ふれてつひにかしこにふれにけるかな

すこし顔赤らめたれど良きこゝち夢みるごとくよろこぶ子なりし
「よくつて」と問へばうなづき眼をつむるいとしさにわれつよくキスしぬ

「わたしにも」と言へど黙せるその子の手ふれさす吾の胸のとゞろき
はづかしきこゝろもいつか薄らぎてたはむれせずば悔む子なりし

その子遠くさかりてのちのこと知らす吾が恋愛のすゝみゆきし日

「男など嫌ひよ」といふこの吾のどこかにウソのありし昔か

男より来りしハガキじっと見て口をつぐみし彼女いとほし

「そんなもの何でもないのよ」彼よりの手紙みせれば泣きたる子なりし

あゝかの日かの夕暮の公園のつらきわかれを吾忘れめや
「裏切者」かくぞその子の罵りしその言葉こそ今も忘れず

「お姉さまお嫁にゆくなどあんまりよ」涙ながしてをらぶかのこゑ
ついに来しその日よ君が逞しき腕のうちに抱かれしわれ

かの子とは愛はかなしき勿忘草にほひほのかに淡くたゞよう

男といふ逞しき手は何ならん薔薇よりつよきつよき恋の香

怖ろしきことにおもへどうれしみの心燃え立つ廿才の恋かな

ひとりの愛

春の夜の夢ばかりなる手枕にきみ懐しみひとり慰む

性の書をおくり来りし少年の眼にくらし睨みて返す

性の書をおくり来りて情欲を起させんなど浅はかなるかな

わが情はうつくしきものに憧れて燃ゆるときのみ起るなりけり

白鳥の首股に入れなつかしむレダの裸体画みては慰む
かのレダと愛づる白鳥吾にもあれとねがふ乙女の美しき夢

ひとり居の暁方ちかくもの足らぬこゝろはおのが指になぐさむ
性のこと少しもおもはぬ瞬間に身内わなゝくは何によるらん

教室にありて歴史をきくときにふと情欲の起ることあり
やみがたきおもひはすべてみづからに処理するべきかひとりなる愛

自慰せざる男はなしと本に記す女もそれに近きにあらずや

自慰はよけれど永きはわるしぼっとしたあとは苦しきものとなるなり

ヘヤピンをこゝろみたれどもの足らぬおもひを君の夢に馳せてん

けっきよくは男のあればば自慰などはしたくなきなりさみしき女

同性の愛のときせしかの感じいまはうすらぎさみしかりけり

女の自慰べつに恥かしとおもふほど変れることに思はずするなり

吾れ愛す性の昂奮はつ夏のものみな緑のはげしさに似て

話にきゝし御殿女中が使ひしといふ張形といふものどこかで見たし

むかしより女ごゝろは変らざりひそかにたのしむひとりの愛かな

ひとりの愛

その二（昭和二十二年）

日に三度自慰をせざれば堪へざりしと若き日語るわが夫かな

女にも自慰のありやと君の問ふ肉体もてれば仕方なからずや

男にも同性愛のありといふきけばなにかな汚らしけり

美少年を好む男はデリケートな感じをもてる男にてありし

美少年は女も好めどあまりにも女らしきは何かもの足らじ
女には獣性のありや美しく逞しき男ぞたゞ魅力なる

脛に毛の黒き男を見てあればふと性欲の起ることあり
男らしくどこやらに優しく愉快なる男性こそが魅力なりけり

男らしくどこやらに優しく愉快なる男ぞ女性の魅力なりけり（風）

男の恋女の恋のちがふところ心のもち方のちがひなるべし
なべての女心にはおもへど性欲のことなど口に出しかねるなり

みづからにすゝみてほしと語るほどの勇気なきなり娼婦のほかは

われのごとかまはずいふは男なりと今歌かく吾は男なるべし

夫の友三人きたり猥談を交はすも夏の宵にてありける

妻をおきてほかの女と関係する男の話なにか憎らし

男たちの猥談といふもの何かなしにあまりに性を弄ぶごとし

ターキー

ターキーの眼のうつとりとするところ同性愛を好む人の眼

ターキーのしなやかで強き身のこなし少女はたまらじ思はず声をあぐ

ターキーの踊る肉体みてあればわが愛《め》でし子をおもひみるかな

ターキーに抱かれてみたいといふ乙女ありしといふはウソかまことか

ターキーのうつとりとする眼をみれば自慰する時の女をおもふ

ターキーを恋する夫人夫《をつと》より同性愛を好む人ならん

ターキーのうつとりとする眼をみればキスする時の女をおもふ（有）

楽屋口

楽屋口川路龍子に逢はんとてひしめく群に吾も交りつ

楽屋口香水の香に蒸れてゐる少女も花も揉まれ揉まれて

その帰り待ちぶせてサイン願ふ子の髪のリボンに夜風冷たし

あんな人になつて見たいわと自動車のあとを見おくる少女いぢらし

プロマイドサインのあとの力づよき龍子のペンの動き眺むる

路傍の男

電車にていたづらすなるその人の顔を睨みて降りにけるかも

電車にて人にいたづらする男四十の上の老いし男よ

愛もなく情欲もなく醜くかる男などに吾靡くものかは

ニキビ面《つら》眼鰯のごと赤きかの青年のわれのあとつく

いやしかる顔青黒きニキビ面何の魅力も起らぬ男よ

後つけて来りたまへよわが門に猛犬のゐて噛みつきやせん

玉川の遊園地にて知らぬ間にかくしに入れられしラブレタアかな

読めばおかし一度も逢はぬに日ごろ慕ふ君といふなり吹き出しにけり

性愛

性欲のことをいやしと言ふひとに限りて女を玩弄視する
やは肌のあつき血汐にふれもえぬ男笑ひし晶子はえらし

性教育語るは若きＰＴＡの会長といふにやけたる人
「肉体の門」といふ小説よみたれど大して興味なしグロのパンパン

パンパンと云はれる女昨夕《ゆうべ》みたり辻に立ち男に呼びかけゐたり

パンパンのやうな堕落はいつの世にも女の恥よ社会の恥よ

肉ひさぐ心はいやし金にかへて操売る女いと下等なり
女より性器のぞけば価値なしといふ言葉にも真理はあれど

生殖器に眼鼻つけたるが女なりと皮肉言ふ人淋病やめり

恋愛の自由や性の自由をいふ夫れら概ね自堕落なひと

吾はまだロマンチストか性愛の正しさ清さほめて歌ふ女

ねがはくは良き社会をば作れかし女の金に代へられぬ社会を

デカダンはたゞ身の破滅暗きこと吾は好まじすこやかにあらん

真実はたゞ一つなれそを言ふに何の憚るところかあらん

男のやうな中性的な女名士紋切型のことを言ふかな

当りさはりないやうなことを書く女名士にあらじ偽善者なるのみ

命日

何ゆゑにあゝ何ゆゑにわが夫はわれを見すてゝ此世去りにし

今日五日わが夫の命日フリージアその白さゝげ心慰む

かの御墓ある国までは二日ほど汽車にのらねばゆけぬ九州

昨夜夢に逢ひしとみしはわが夫よ今日は異るダンスの相手

ダンサー

わが涙乾くひまなし長椅子のかげのスタンドにレコードきくとき

ダンス場で友となりたる朋輩の故郷にかへるを送るかなしさ

汽車の窓ハンカチふりて別れ惜しむ友はむかしの恋を語りし

わが悩み今はうつろとなるごとし恋にはなれて男にはなれて

ひしと抱くひとりの心あはれみてギタアに合はすセレナーデかな

みな空しとおもふこゝろは時々に啄木の歌集つかみて泣くなり

パアトナアとなれば折ふし生々《いきいき》とわがおもひでのよみがへりくる

新しき恋を誘なふ彼氏彼氏らいまだ吾が想ひ摑みえざるなり

タンゴにて廻るせつなの君が足わが股にふれ思はず慄く
うつくしきダンス教師に手をとられ躍る彼女の目的はなに？

踊りおへて眠うるめる彼女みればかくせどおかし少女のおもひ

うつくしきダンス教師のドンフアンは足もて誘ふ彼女らの恋

所詮われたゞ浮草のかなしさよ恋もなし情欲もなしたゞに悲しむ

かへりきて踊衣裳のさみしくもかゝれる壁みて涙ながるゝ

かへりきて踊衣裳のさみしくもかゝれる壁みれば涙ながるゝ（風）

かへりきて瓦斯などおこすひとり居のさみしき肌にのこる白粉

少し顔に皺のよりしと友のいひし顔を鏡にじつとみるかな

この生活たゞ束の間のいたづらとおもへどさみし運命のわな

ありし日の写真《うつしえ》いだき或る宵はまじはりのさま真似てみたりし

余情

さらさらと巻紙にしるす美しき文字のようなる恋もしてみたし
くづす字の不思議にきれいな筆のあとむかしの人はよき恋をせし

秋ぞらに鴉一羽の飛んでゆくほかは落葉のさみしき林

東山ねむれる姿にたとへてしやさしき男のからだなるべし

夕ぐれにひとりおもへばこの世にはわれよりほかに親しきものなし

うつ蝉のこの世か食ふにも事欠きて日日を苦しくたゞ生くる吾

雨ふる日きるものなければ寝てあらん秋雨さむくしとゞふる昼

ふるきことおもへばたゞに涙のみやせし手撫でゝ薬のみつゝ

ふるきことおもへばたゞに涙のみやせし手撫でゝ薬のみをる（風）

いつかわれむくろとなるやわが墓はたくあん石をおきてあれかし

生に生きて燃え立つ血の春生に生きて死はたゞ石のみ……………

かなしきこと死などいふこともう思ふまじこれからのいのち

今日は今日あすは明日《あす》たゞそれでよしゼロの生活

生活とはこんなものではあらざりき恋なくも踊りてありし日おもへば
われひとを怨まじ世を怨まじこれがさだめとおもふこのごろ

青き秋空日光をみてあれば涙ながるゝたゞに流るゝ

祭の日

かんちき　かんちき
ちきちき　どん
村のお祭賑やかだ

かんちき　かんちき
ちきちき　どん
ひよっとこ踊りのおもしろさ

うらの背戸では虫がなく
おけらがひとりで歌ふのぢや
いゝお天気の秋日和

かんちき　かんちき
ちきちき　どん
屋台のうしろの芋畑で

お尻まくってぴッぴッぴッ
おしっこついでに前のぞきや
ぽっちりむくれて毛が生えた

かんちき　かんちき
ちきちき　どん
はあれうれしや毛が生えた
ちい子もそれならひとりまへ

○

こゝろすぐに
天をゆびさし
こゝろすぐに
なみだたれ
なみだたれ
ゆゑなくして涙たれ

○

にくたいをつゝしめ
にくたいはうつくし

にくたいの愛の花ばな
さきほこるいのちのおとめ

○

あれが牧師ぢやというた
あんな男がね

神さまはどこにござるや
こゝにありとマヘを見やれ

○

くるしみのいのちか
たはむれのいのちか

百合ひともと白し白し

○
提灯ぶらぶらぶうらぶら
盆のをどりのかへりみち

きやっきやっとはしやぐ女の子
若い男にかゝへられ

提灯ぶらぶら野みちをかへる
かへる野道でぼぼをした

○

いい子　わるい子
どちらがいゝ子
露は尾花と寝たといふ
尾花は露とねぬといふ

どつちもおんなじことぢやいな
みんないゝ子でござんすわ

愛のひと、湯浅眞沙子　岡崎裕美子

したあとの朝日はだるい　自転車に撤去予告の赤紙は揺れ

体などくれてやるから君の持つ愛と名の付く全てをよこせ

湯浅眞沙子と岡崎裕美子の短歌には共通点が多い、と指摘する文章に出会ったことがある。わたしの代表歌といわれているのは冒頭に上げたようなものだ。性愛の歌ばかりを意識して作ってきたわけではないのだが、短歌を始めたのが二十歳くらいのころだったので、テーマはどうしても恋愛のことになる。わたしは、苦しい恋愛を誰かに相談するようなことをほとんどしなかったから、こうやって短歌として書き出すことで、思いを吐き出してきたのかもしれない。今なら、あまり他人が見ないようなブログやSNSにこっそりアップする感じに近いだろうか。眞沙子も、そのようにして短歌に出会い、作っていったのではないかと想像する。もしかしたら、大勢の読者を想定することなどせずに、日記を綴ったり、好きなひとにメールを送るような感覚でこのような素晴らしい歌を紡いでいったのではないだろうか。

緋ちりめんの腰巻前を乱しつゝ淫らのさまを鏡にうつす

眼つむりて君たはむれの手に堪へず思はず握る太き陰茎

握りしめわが陰門に当てがひて入るればすべてを忘れぬるかな

今回の「完本」で「復元」された歌を見ると、かなり大胆に表現していたことがわかる。自分や相手の陰部を、具体的に短歌に読み込むことへのためらいをまったく感じない。むしろ、こうして書いて、読んだ相手がびっくりしているのを楽しんでいるようにも見える。「わたしは、そんなことを恥ずかしがるようなつまらない女じゃないのよ」と言っているようだ。

み手抱きわが頬にあてゝたのしむよ朝の出社のわづか一とき

昼にてもかまはじといふ君ゆゑに頬赤らめて蒲団しくなり

白きシーツ洗へどのこるかのシミを君見て笑ふ日曜日かな

眞沙子の歌には明るさがある。性愛に溺れてはいるが、そこにはいわゆる女の情念のようなものはなく、ただひたすらに明るい。性を歌うことの後ろめたさもなく、もっといえば、性そのものに対してとてもオープンで、抱かれることの喜びに満ちている。この溢れるような明るさがいい。きゃっきゃとはしゃぎ、笑い声を上げる眞沙子はまだまだ幼い。その幼さが、夫をよりいっそう眞沙子へと掻き立てるのだ。

男女の性愛を大胆に表現した現代短歌がないのかといえば、もちろん沢山ある。たとえば林あまりの

生理中のFUCKは熱し
血の海をふたりつくづく眺めてしまう

には、短歌を覚えたばかりのころ、とても衝撃を受けたことを思い出す。えっ、いいんだ、これってアリなんだ、と。林あまりの短歌にはセックスを歌いながらもあっけらかんとした肌触りがあるが、若い男女の日常の行為をリアルに描き、夢のような、めくるめく性の喜びとは離れていて、どこか気怠さが漂う。

乳ふさをろくでなしにもふふませて桜終はらす雨を見てゐる

と歌ったのは辰巳泰子だ。自らの乳房を吸わせている「ろくでなし」とは赤ん坊ではなく、相手の男である。その突き放した感覚にはしびれてしまう。女が「抱いてもらう」のではなく「抱かせてやっている」という意識の発見、それがわたしを短歌の世界に深く誘うきっかけでもあった。

眞沙子には自慰についての短歌も多くある。これも大きな驚きだった。

ひとり居の暁方ちかくもの足らぬこゝろはおのが指になぐさむ

教室にありて歴史をきくときにふと情欲の起ることとあり

けつきよくは男のあれば自慰などはしたくなきなりさみしき女

現代短歌の巨人、岡井隆は

掌《て》のなかに降《ふ》る精液の迅きかなアレキサンドリア種の曙に

と歌った。こちらはやや文学的なオブラートがかかっているが、それでも、掌で受ける自らの精液をいうことはなかなかに難しいと思う。男性であってもかなり衝撃的に受け止められるのに、眞沙子のような若い女性が自慰や同性愛めいた行為について述べていたのを知ると驚くほかない。自慰には性行為以上に後ろめたさがあるはずだが、眞沙子のは叙情的で、それでいてあまり自らに溺れていない印象だ。あたりまえにしていることを歌って何が悪い、と開き直っているようにも見える。それでも「男がそばにいたら自慰なんてしない。女はさみしいものね」と結局のところ、女は男がいなくてはならないのだと自虐し、女がいてもいなくても自慰に耽ることができる男との違いを歌うのだ。

ひとりゐて少女のときの苦しさをひとごとのやう思ふこのごろ

夕あらしわが髪なびく快さきみおもふとき吾が心靡く

故郷の富山から上京し、大学のある東京・江古田の街を歩いた眞沙子はどんな気持ちだったのだろうか。親元を離れて心細かったのだろうか、あるいは、初めての都会生活を満喫していたのだろうか。わたしも田舎の出で、眞沙子と同じ日大芸術学部の出身だから、大学近くの路地や駅前にたたずむ彼女を思ってみたりする。何をしていても誰かから見られているような田舎の暮らしから、自分のことを誰も知らない、自由に羽ばたくことができる都会の暮らしへと変わって、秘めていたさまざまな気持ちが出てきたのではないだろうか。新しく出会う人たちと、新しい関係を築き、今までと違うわたしになりたい、ならなければ。なるべく遠いところへ。誰も、わたしのことを知らない場所へ。眞沙子が上京することになった背景はわからないが、わたしはつい、自分と重ねてしまう。都会に出て、短歌を知った眞沙子が、やがて夫の愛を知り、性愛の楽しさを知る。短歌と性愛、その両方を手に入れた眞沙子には何も怖いものなどなかっただろう。

針仕事ひとりなせるに背後より吾抱きしむるきみの優しさ

幸せな光景である。日の当たる部屋で針仕事をしている。「もうそんなのはいいから、こっちへ」と夫が優しく抱き寄せる。もしかしたら、眞沙子は背後にいる夫の影を感じ、夫がそうやって自分を求めてくることを想像したり期待したりしながら、小さな布を手に針仕事をしていたのかもしれない。自分から誘うことはしなくても、あなたの思い通りのかわいらしい女になりたい。その気持ちがいじらしい。

結婚のあとの恋こそうれしけれ人はばからぬ吾のふるまひ

初夜のことおもひいでゝはほゝ笑むよ身うちふるへて君抱きしめし

夫のことをこれほど愛せるということはさぞかし幸せだろうと思う。眞沙子と夫とは見合い結婚のようだが、互いのことをよく知らないままに結婚し、結婚してから恋愛がはじまるなんてひどく羨ましい。お互いの気持ちが最高潮に高まる恋愛の期間なんて、とても短いものだ。好きだから、離れたくない、ずっと一緒にいたいと願って、その願いが叶っても、やがては一緒にいることの喜びから気持ちは遠くなり、相手がいることが日常になっていく。それでもやめないのは、続けるほうが面倒が少ないからなのかもしれない。行為だって、やがては新鮮さを失い、相手の手のうちがお互いにわかってしまう。それがマンネリではなく安定だと思えればいいのだが、「またか」と思いながらしたり、「早く終わってくれないかな」などとぼんやり天井を見つめることになったりしそうで、わたしにとっての結婚生活にはやはりどうしても不幸なイメージがつきまとってしまう。そんなあきらめのようなものは、眞沙子の短歌には一切ない。

きみが子をせめて生まんと思へども生むひまもなき愛の日々かな

今でこそ、ＤＩＮＫｓや選択子なしなど、生まないこと、子供のいない人生を選ぶひとは珍しくないが、戦前の日本は産めよ増やせよの時代だ。結婚して、すぐに子供ができることが普通だったろうから、こんなふうに性愛を楽しんでいることをおおっぴらにはできなかったのではないだろうか。まして、その喜びを短歌にすることなどは。男たちは外で仕事をし、帰りに遊郭に寄って専用の女性と交わる。女は子供を育て、家のことをして一生を過ごす。そのようななかにあって、眞沙子は女のステレオタイプを壊すかのように性愛に没頭していく。子供を作っていては、育てていては、自分も夫も子供にかまけてしまう。夫と、男女の関係ではなく、父と母の関係に、家族になってしまうのが怖かったのかもしれない。女として、ずっとわたしだけを見ていてほしい。

君われを離さじといふこの吾の肉体こそは魔ものなりける

いつそもうみからだごとを入れたしと嘆けば君は永きキスする

夫に体を預け、されるがままになる、そのなんと自由なことか。好きなひとから好きになってもらうことほど、うれしく、しかし困難なことはないと思う。手に入ったとしてもすぐに、わたしはなくなることを考えてしまう。愛されたら、捨てられる日のことを想像してしまう。手放しで謳歌するこの瑞々しさを見よ。このときの眞沙子は、まだ失うことを知らない。若さを、愛する人を、自分自身の命を。

なつかしき夢のさめぎはうつゝにも君に抱かれてありし吾かな

人生の絶頂にあるということは、そのときその場におかれている自分にはわからないはずだ。きっと、あとから振り返ってみて「あれが絶頂だったのだな」と思ったりするのだろう。わたしの場合、楽しいとき、うれしいときは不思議と短歌は生まれない。そして、その幸福な瞬間が失われることを思うとき、心の中の声は歌になって出てくるのだ。だからこそ、この眞沙子の手放しの幸福感がいっそう眩しく際立つ。「こんなに幸せだ」とアピールするひとには妬ましさを覚えたりするものだが、眞沙子にはそれを一切感じない。きっと誰もそう思わないだろう。神に愛されたひと、というフレーズが浮んでくる。

しかし幸福なときはいつまでも続かない。やがて夫は亡くなり、歌集後半の眞沙子の短歌は前半の溢れるような明るさは影をひそめる。慟哭するわけでなく、静かに、声を殺すように夫の不在を歌う。暮らしぶりも濃い闇をまとったように物悲しく、わびしくなっていく。また、短歌自体も、破調が多くなり、やや乱暴で不安定さを感じるようになる。死ぬ前の眞沙子はほんとうに孤独だったに違いない。それを思うと胸が痛む。

夕ぐれにひとりおもへばこの世にはわれよりほかに親しきものなし

人生の絶頂期に、最高の短歌を作った歌人、湯浅眞沙子。眞沙子にとって、恋愛や性愛は、歌を作るパワーそのものだったはずである。だが、若くして亡くなった眞沙子が、戦後を生き抜き、現代の歌人として歌を作り続けていたらどうだったのかとも考える。夫の死後、別のひとに出会っていたら。ふたたび愛すること、愛されることを覚え、しかし夫の影をいつも感じて抱かれていたのなら。失ったものがあるからこそ、今あるもの、生きていることの儚さをいっそう感じさせてくれたはずだ。生き続けた眞沙子の歌は、ここに収録されたもの以上の迫力を纏い、わたしたちを常に熱狂させていたのではないだろうか。そしてわたしたちに、女として生きることがどれほどのことかを指し示してくれていたのではと思うのだ。

岡崎裕美子

歌人。一九七六年山形県出身。日本大学芸術学部文芸学科卒。未来短歌会所属、岡井隆に師事する。一九九八年年、ＮＨＫ全国短歌大会で「若い世代賞」受賞。二〇〇一年、未来年間賞受賞。二〇〇五年『発芽』（ながらみ書房）刊行。

解題

『秘帳』の完本

七面堂

女性が自らの体験を赤裸々に詠んだ歌集『秘帳』の存在は、つとに知られている。その評判だけではなく、実際の刊本も目録や古書展でよく見かける。初版が風俗文献社から刊行されたのは昭和二十六年十一月であるからすでに六十年以上経っている。作者は湯浅眞沙子、初版が世に出た時は故人であった。

風俗文献社版の『秘帳』は 172mm × 95mm（外寸、以下同じ）の細長い縦長サイズで函付である。扉の後に「著者原稿」と題された原稿用紙に三首書かれた写真が一葉あり、昭和二十六年十月十五日の日付になっている序が続く。本文は全体が十五の章に分かれている。一首が二行（上の句と下の句の切れ目でない所で行が分かれているのは意味があるのだろうか？）で各ページに二首ずつ収載されており、各章には次のタイトルが付いている。最後の「祭の日」は短歌ではなく詩である。

新婚
美貌の友
いで湯
紅閨
同性愛
ひとりの愛
ひとりの愛（その二）
ターキー
楽屋口
路傍の男
性愛
命日
ダンサー
余情
祭の日

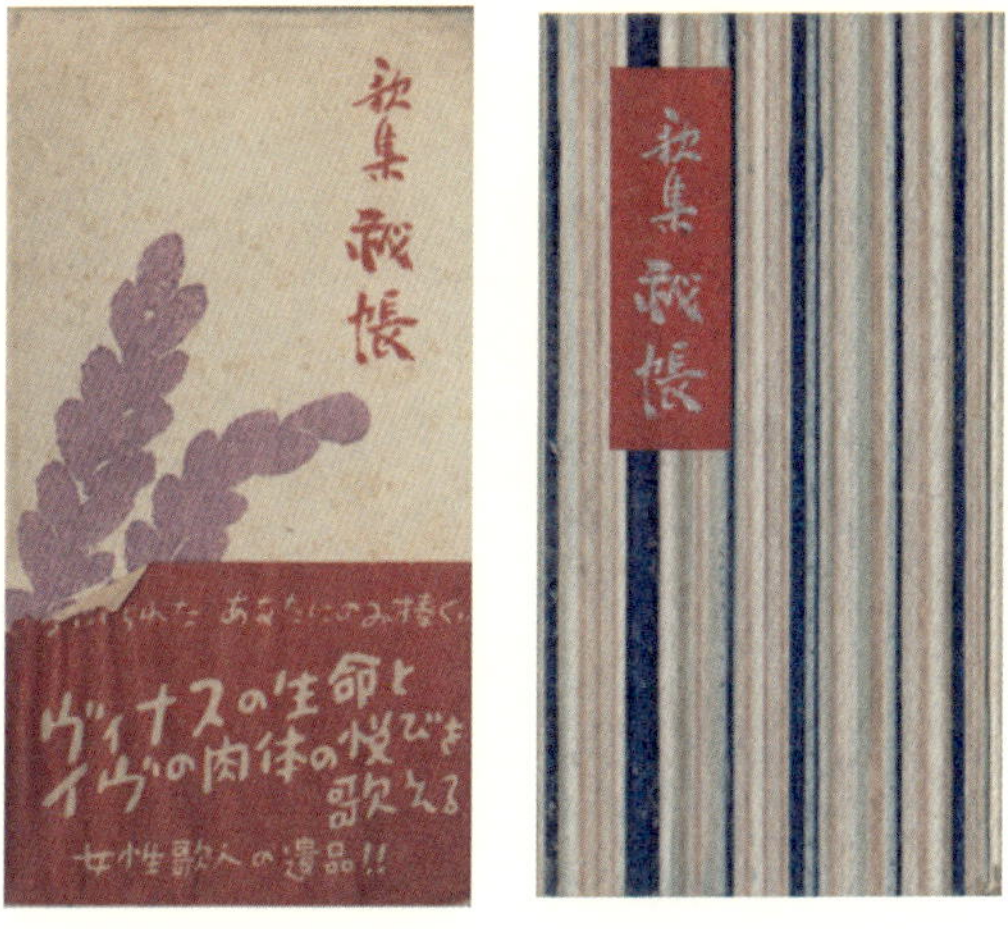

風俗文献出版社版　外函（左・帯付）と本体（右）

作者の人生に沿って、新婚生活から夫の死、後日譚を性愛を中心に詠んだものである。性愛という視点から見れば、特別変わった章立てではないが、「ターキー」だけは少し説明が必要かも知れない。ターキーと言っても七面鳥のことではなく、人のニックネームである。水の江滝子、松竹歌劇団（ＳＫＤ）で男装の麗人として活躍した女優である。章のタイトルになる程、当時の若い女性の憧れの的であったわけであるが、今や昔の話である（筆者はＮＨＫのクイズ番組ジェスチャーの紅組キャプテンの印象が強いのだが……）。

『秘帳』には無削除本と削除本があると言われているが、風俗文献社版に削除された歌は無い。ただ、補遺として末尾に一枚追加されており、裏表で四首収載されている。

有光書房版　特製　外函（左）と本体（右）

灯を消して二人抱くときわが手もて握るたくまき太く逞し

握りしめわがほどのへに當てがひて入るればすべてを忘れぬるかな

わらい繪をながめつつ二人その型をせんとおもへど出來ぬ可笑しさ

二度終へてまだきほいたつたくまきの尺八すればいよいよ太しき

昭和二十六年当時としては危ういと思われた歌を本文から外して巻末に集め、当局から警告があったら、その部分を落として刊行する腹づもりだったようにも思える。最初に刷ったのは千部で、刊行当初は特に問題になることもなく完売したようである。

湯浅眞沙子の実像は、今日に至るも明らかになって

有光書房版　並製　外函（左）と本体（右）

いない。序文の中で川路柳虹が出版に至るまでの経緯を簡単に述べているが、その中に書かれているということが全てである。富山の出身で、東京に来てからは日大の芸術科にしばらく通っていた、ということしかわからない。戦災で学籍簿が焼けて無くなっていたり、地元富山の新聞社が調査したりしたようであるが、結局不明のままであった。川路自信は序で「私の逢ったのは七・八年前で二十歳位の小柄な」と述べているので、太平洋戦争後期に会っていることになる。

『秘帳』の原稿は出版を企画するに当たり、川路から、書痴として知られる斎藤昌三に渡され、最初は有光書房に持ち込まれたようである。同書房主が時節柄上質紙不足のため、ザラ紙や仙花紙で出すことをためらっている内に、先の風俗文献社が手を挙げ出版したものであるが、色々な事情の末、有光書房から再刊されるに至った。昭和三十一年十二月のことである。判型は172mm × 104mmとほぼ同サイズで函も付いている。表紙の後には便箋に書いたと思われる元原稿（?）の影印四首が別刷りで一枚貼り付けてある。ページ毎に二首載せる形式も踏襲している。川路の序に初版の反響が今も続いているとの伝聞を追記しており、初版には無かった跋文を斎藤が書いている。補遺として巻末にまとめられていた四首も、元々あったと思しき『紅閨』の章に組み込まれて、本来の体裁に成っており、削除されたものは無い。

ところが、この有光書房版は発行される前に、雑誌「週刊新潮」に取り上げられ、世間の耳目を集めてしまった。おかげで、本は飛ぶように売れたが、当局にも目を付けられてしまった。発行者であった坂本篤は二万部以上刷ったと「『国貞』裁判・始末」（三一書房、昭和五十四年七月）で述べているが、当局からの呼び出しがあったことも述懐している。収載されている歌の内、四十一首を削除しろと強制されたが、印刷の仕組みからいってもそんな器用なことは出来ないと、結局その部分の紙型を置いて来てしまったらしい。それでも注文が来るので、四十一首を除いて版を組み直して刷ったら、二度目の呼び出しがあり、削除したのだから問題ないだろう、出版するならもっと削る、との押し問答の末に絶版にすることを了承しつつ、さらに五千部程印刷したとのことで、都合三万部近く刷った、という話である。

この四十一首を削除した版が削除本と言われるものである。坂本篤の言によれば、無削除本の見返しはクリーム色、削除本の見返しは紫色だそうである。古書店で見掛けた時はご注意を、とアドバイスまで提示しているが、先の刊行部数が正しいとすれば、無削除本の方に当たる確率の方が高いのではないか。筆者の経験からも、そのように思える。

さて、本論の主題であるが、「秘帳の完本」というのは、歌が削除されていない風俗文献社版、または見返しがクリーム色の有光書房版のことかと言えば、そうではない。昭和三十一年十二月頃頒布されたと思われる一枚のガリ版刷りがある。表は『特別会員の皆様へ』と題された特

◢特別会員の方々へ▼

○「艶稿」はまだだというところだが、間に合えば同封。どうしても間に合わねば後送となる。

○今回は二つの通知をする。その一つは知人からの依頼の分譲品。左の資料を手離すとのこと。

A 徳川性典大鑑（上下） 高橋鐵編 二五〇〇
B 江戸艶本叢刊（1・2） 二〇〇〇
C 秘画七夜 久保藤丸 三〇〇
D チャタレー夫人の恋人 伊藤整訳 小山書店版 一〇〇〇
E 〃 （十二章・十三章） 三笠二郎訳 三〇〇
F 艶文庫 共蒐 一〇〇〇
G 文庫型四冊（待合の女・敵娼譚・旅の風流譚・四畳半） 六〇〇
H 四畳半襖の下張 三五〇
J 近世風俗資料 花咲一男 一〇〇
K 〃 〃 秘められた彫刻集 名画集（日本篇） 花咲一夫 二〇〇〇
L 末の摘 歌麿 一〇〇〇
M 日本随筆大成（十二巻） 八〇〇

以上各一部づゝ、先着順では地方の方から文句が出ているため抽籤とする。出来れば希望書がはずれた時の候補品を御記入のこと。

○次に、これは数年前に出たものと思うが、二冊の本がある。

N 小氷桜 B6判仮装 四〇〇

これは内容——水揚おぼえ書・小米楼・変態未亡人・湯の町の恋の四篇。どうも内容の記憶では「相対」に発表されたものではないかと思う。（総革特装函入本は千円）。

O 女護島宝入帖 B6判仮装 四〇〇

もう一篇 江戸艶本の活字化。

○この二種は前に会を催したカタにおいてゆかれたのはいゝが、ついに返済せず本をとりに来ぬ。当方においておくのも邪魔だから希望者あらばおわけする。わずか五部づゝしかないから、これは先着順とする。本のつくりはなかなか気がきいていて、いわゆる赤本ではない。誰れか本好きの金持ちのいたずらに作ったものかと思われる。

（1）

近世庶民文化研究会研究会会報「瓦版」

▲歌集「秘帳」▼

○湯浅真砂子という若くして死んだ無名歌人のこの歌集は、前に十字屋から出たときに取次いだことがあったが、その時分は大して売れなかった、ところがその後も要望が多いので、今度有光書房で改版して出したら大ヒットである。増刷又増刷で一万部以上も出たというから、およそ出版とは水ものだ。

○女啄木ともいうべき肉体短歌だが、女性がこれほど卒直にセックスを詠んだ例は珍らしく、歌は粗野でもその点で価値がある。

○川路柳虹氏の序文を見ると、氏の弟子分の詩人倉橋顕一君が、この女性を川路氏の処へつれていったとの事だが、倉橋君は僕もよく知っている男だ。呑んべえで戦前よく夕方かられた。顔の広い面白い存在だったが終戦直前、カストリで泥酔し汽車に触れて死んだという。高村光太郎翁や高見順氏などの宅へも一緒にいったことがあったが、戦後いたら面白いだろうにとは、よく出る話である。

○だが倉橋君から、この女性のことは一度も聞いたことがない。勿論その当時は、こんな面白い歌を作っているとは、倉橋君も知らなかったためだろう。

○ある性学者との会話。「〃秘帳〃はニセモノだってね」「ニセモノ?」「いや、大ぶん手を入れた箇所があるってことだが」そこで草稿を借りて、有光書房版と対比してみた。その訂正箇所を本誌会員だけにそっと知らせておく。本を所持の方は御記入あれ。

48頁・1行 したしきものか(拭ひ合ひたる)
59・2 たまくき(陰茎)
〃・3 太きもの(陰茎の)
60・4 太しきものよ(太き陰茎)
61・1 わがほどのへに(わが陰門に)
〃・3 夢みる味(もち上ぐる味)
67・3 たまくき(陰茎)
68・3 わが如(核がしら)
69・1 〃(〃)
119・2 キスする(旨舐する)

(2)

別会員用頒布資料の作成進捗状況や分譲本の案内があり、裏に『歌集秘帳』と題して有光書房版の『秘帳』に就いての記述がある。

略……前に十字屋から出たときに取り次いだことがあったが、その時分は大して売れなかった。……略……今度有光書房で改定して出したら大ヒットである。増刷又増刷で一万部以上も出たというから……略

といった感想などの最後に次の文章が載っていた（十字屋は宮沢賢治などの本を出していたが、艶本類を出版するために風俗文献社の名義を使用した）。

ある性学者との会話。「〝秘帳〟はニセモノだってね」「ニセモノ？」「いや、大ぶん手を入れた箇所があるってことだが」そこで草稿を借りて有光書房版と対比して見た。その訂正箇所を本誌会員だけにそっと知らせておく。

削除された歌が無い完全版である、とされている有光書房の初期の版にも手直しされた部分

があるという驚くべき話である。このガリ版刷りペラの正体は雑誌『近世庶民文化』を出していた近世庶民文化研究所の会報『瓦版』である。ノンブルが通常の『瓦版』とは別になっているので、特別会員だけに頒布したのか、これだけを別便で頒布したのかは定かでないが、主宰者が岡田甫であるだけに、内容の信憑性は高い。ある性学者とは、恐らく高橋鐵のことであろう。

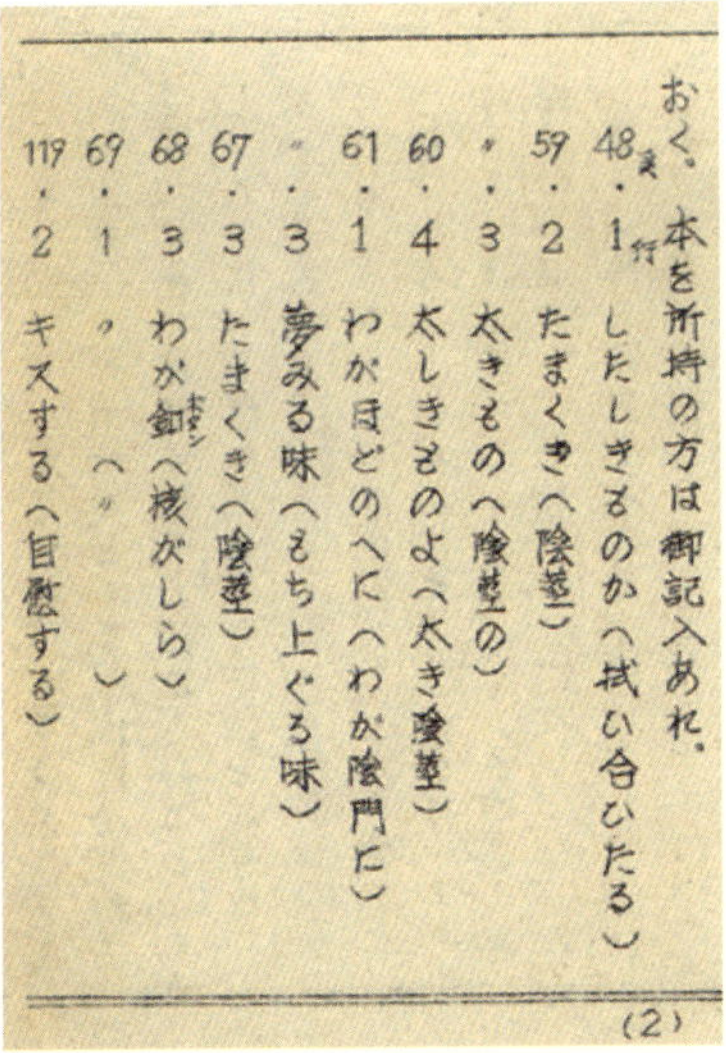

おく。本を所持の方は御記入あれ。
48表・1行　したしきるのか（拭い合ひたる）
59・2　たまくき（陰茎）
〃・3　太きもの（陰茎の）
60・4　太しきものよ（太き陰茎）
61・1　わがほどのへに（わが陰門に）
〃・3　夢みる味（もち上ぐる味）
67・3　たまくき（陰茎）
68・3　わが鉋（核かしら）
69・1　〃（〃）
119・2　キスする（目飲する）
（2）

「瓦版」の訂正部分（拡大）

　問題の訂正個所であるが、『瓦版』に掲載されている部分を拡大して掲げる。見れば分かる通り訂正の字句しか載っていない。いわゆる伏字表というやつであるが、これだけでは字句の嫌らしさだけが目立ってしまうので、一首全体を載せて比較する。強調されている部分が問題の個所である。

頁	出自	歌
48	刊本	互《かた》みにぞ**したしきものか**さくら紙のやはらかき皺手になつかしむ
	草稿	互《かた》みにぞ**拭ひ合ひたる**さくら紙のやはらかき皺手になつかしむ
59	刊本	灯を消して二人抱くときわが手もて握る**たまくき**太く逞し
	草稿	灯を消して二人抱くときわが手もて握る**陰莖**太く逞し
	刊本	われ悩ますこの**太きもの**あるからになべての男憎むなりけり
	草稿	われ悩ますこの**陰莖の**あるからになべての男憎むなりけり
60	刊本	眼つむりて君たはむれの手に堪へず思はず握る**太しきものよ**
	草稿	眼つむりて君たはむれの手に堪へず思はず握る**太き陰莖**
61	刊本	握りしめ**わがほどのへに**當てがひて入るればすべてを忘れぬるかな
	草稿	握りしめ**わが陰門に**當てがひて入るればすべてを忘れぬるかな
	刊本	わが息の切なくなるを感じつゝ**夢みる味**の忘れや忘る
	草稿	わが息の切なくなるを感じつゝ**もち上ぐる味の**忘れや忘る
67	刊本	二度終へてまだきほひたつ**たまくきの**尺八すればいよいよ太しき
	草稿	二度終へてまだきほひたつ**陰莖の**尺八すればいよいよ太しき

68 刊本 **わが釦《ボタン》**キスしたまへばつよき刺戟身うち轟く心地こそすれ
草稿 **核がしら**キスしたまへばつよき刺戟身うち轟く心地こそすれ
69 刊本 **わが釦《ボタン》**キスさるゝとき思はずも放つわがこえうらはづかしき
草稿 **核がしら**キスさるゝとき思はずも放つわがこえうらはづかしき
119 刊本 ターキーのうつとりとする眼をみれば**キスする**時の女をおもふ
草稿 ターキーのうつとりとする眼をみれば**自慰する**時の女をおもふ

普通に公開して良いのだろうか、という不安がよぎる程直裁である。川路が「女性みずからの肉體的慾情を露はに歌つたという點で、一寸類がないものと思う。いはゞ曝露症的表現で……」としたのもむべなるかな。最も新しいと思われる平成十二年二月出版の皓星社版も有光書房版を底本にしているということなので、これらの個所は当然ながら元のままである。管見の範囲では、他に那須書房が小型の枡形本を昭和三十八年十一月に刊行しているが、何首か抜けているし、地下出版された『紅閨秘歌』も元版は有光書房版であり、省略されている章があるので問題外である。

信憑性は高いが、これをこのまま百パーセント正しいとして良いかどうかになると、躊躇するものが無いわけではない。余人は知らず、斎藤昌三が持っていた原稿であるならば、今でもどなたかが所蔵している可能性があるのではないか。それが出て来て、初めて『秘帳』の完全な姿が確定する。表題に掲げた「秘帳の完本」とは、これらが全て訂正されたもののことを想定している。したがって、知る限りにおいては「秘帳の完本」は存在していない、と言いうるのではないだろうか。もし原稿が残っていなかったならば……『秘帳』の完本は永久に闇の中である。

終わりに

本考は、平成十五年一月に筆者が管理するウェブ・サイト(http://www.kanwa.jp/xxbungaku/index.htm)で公表したものに、書籍用への修正と少しの情報を加えている。その過程で気が付いたことが二つある。一つは、冒頭で疑問として述べた、歌の区切り位置が不自然である点であるが、これは原稿用紙そのまま（二十字目で改行）の組版であったことである。

地下出版された「紅閨秘歌」

歌としての体裁、読みやすさ、原稿用紙の意味、などを考えた時、編集方針に疑問が湧く。以降の出版もこれを踏襲しているので一種の型となってしまっているのが、何とも言えない空しさを覚える。

二つ目は有光書房版の便箋影印の不自然さである。川路の序には「便箋などに記した」となっているので、元原稿が原稿用紙や便箋で統一がされていなくとも不思議ではない。しかし、影印の四首の内始めの三首は『美貌の友』の章末の歌であり、四首目は『命日』の二番目の歌であるので、元々のものとするには疑義が生じる。また、風俗文献社版の原稿写真に載っている三首は『美貌の友』で、影印と同じであるが、筆跡が異なっている。したがって、写真原稿と影印の元となったものが異なる人物の手になることは明らかである。

影印は章分けという形式と齟齬をきたしているので湯浅

那須書房版　外函（左）と本体（右）

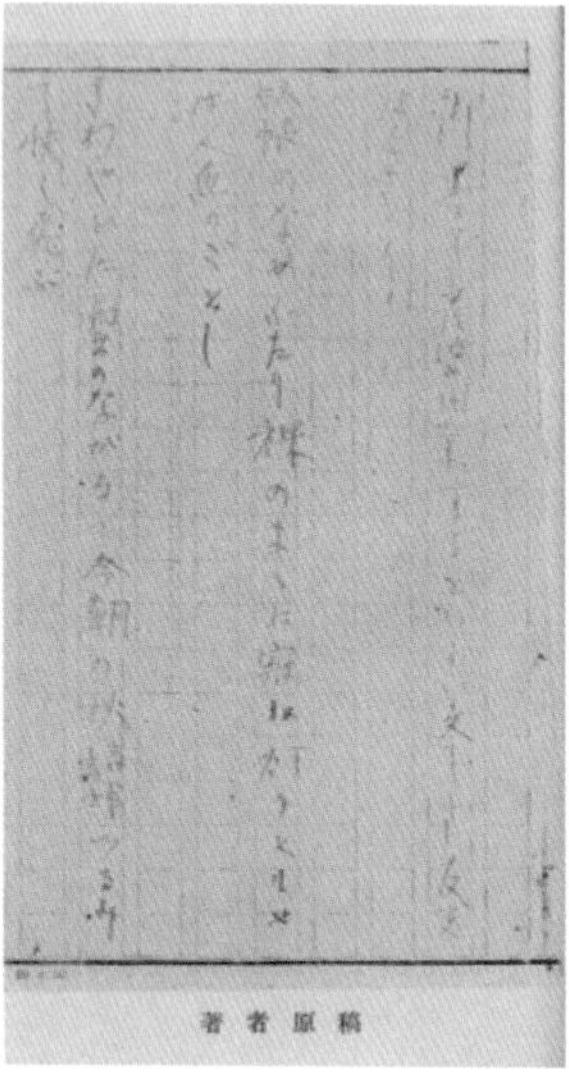

風俗文献出版社版　別丁の「著者原稿」

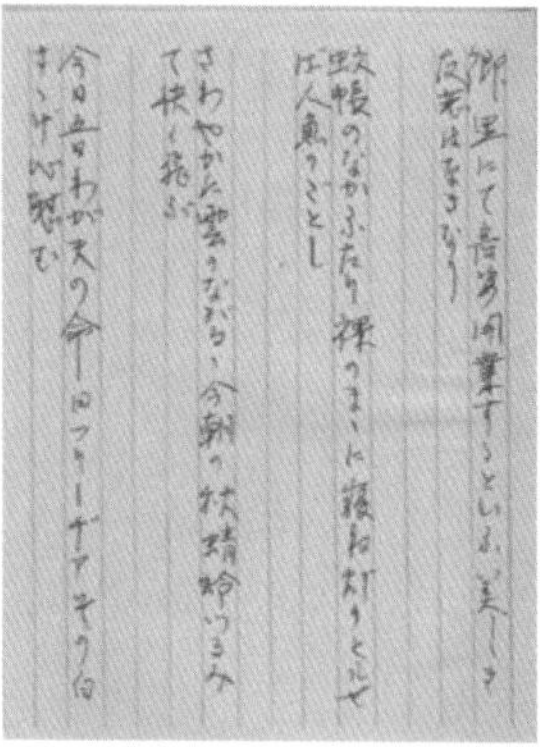

有光書房版　別丁の著者影印

眞沙子の原文とは言い難いが、何の為にそのようなものを作ったのかは不明である。残されているものは完成原稿では無いと思われるので、各々の用紙の前後関係がハッキリしないのかも知れない。原稿写真は二百字詰め原稿用紙なので、三首が限度であり、影印を作る際に順の異なる原稿の一首目が採られたとも邪推できる。原稿写真の方が植字用に書き起こされたのではないか、という推測もあり得るが、原文が有るのにわざわざその様にした写真を『著者原稿』

と偽る必然性は考えにくい。
いずれにしても、推測の上に推測を重ねるだけであり、原稿が見つからない限りは真相はわからないまま、という結論が繰り返されたに過ぎないのではなかろうか。

七面堂
近代に刊行された地下本の書誌サイト「XX文学の館」館主。元々は通俗的な摘発本、発禁本の蒐集からスタートし、現在は地下本を中心に活動中。蒐集から調査研究に手を広げ、現在に至る。
閑話究題　XX文学の館　http://kanwa.jp/xxbungaku/index.htm

湯浅眞沙子
富山県出身。日本大学芸術学科に在籍ののち、敗戦後に若くして結婚。ほどなく夫と死別、時を経ず本人も病没したと思われるが詳細は不明。

完本 秘帳

二〇一六年七月十日　初版発行
定価　二〇〇〇円＋税

著　者　湯浅眞沙子
発行所　株式会社 皓星社
発行者　藤巻修一
〒一〇一−〇〇五一
東京都千代田区神田神保町三−一〇 宝栄ビル六階
電　話：〇三−六二七二−九三三〇
FAX：〇三−六二七二−九九二一
URL http://www.libro-koseisha.co.jp/
E-mail：info@libro-koseisha.co.jp
郵便振替　〇〇一三〇−六−一二四六三九

装幀　山崎 登
印刷・製本　精文堂印刷株式会社

ISBN 978-4-7744-0615-2